Quentin Blake

Los bolsillos de Lola

kalandraka

Lola Pelillos tiene un abrigo
con muchos bolsillos.

Uno para
los ratones,

otro para
el queso

y, por si alguien estornuda,
    tiene otro con pañuelos.

Tiene un bolsillo con muchos paraguas

por si empieza a llover.

Y otro
con bañadores y toallas

por si el sol
sale otra vez.

Tiene un bolsillo con patos
y otro con barcos.

También tiene otro
con sombreros de trapo...

para las CABRAS, que son cuatro.

Si alguien
se queda dormido...

saca las bocinas, que hacen mucho ruido:

¡MEC-MEC! ¡MOC-MOC!

Tiene un bolsillo con monopatines
(¡mira qué
saltos!)

y otro bolsillo...

con muchos LAGARTOS.

En otro bolsillo
lleva bebidas y helados.
(Y los niños,
encantados.)

De un bolsillo de la espalda

saca sartenes, tarteras,

cucharas y espumaderas.
Si lo guarda con esmero…

también le cabe el FREGADERO.

Y en este otro bolsillo

esconde…

un ELEFANTE enorme.

Pero aún le quedan

MÁS

y más

y más

y muchos más.

Porque Lola Pelillos tiene un abrigo

con muchos bolsillos.

Para el equipo QB,
con cariño y agradecimiento

Título original: *Angelica Sprocket's Pockets*

Colección libros para soñar®

Copyright © Quentin Blake, 2010
Publicado por primera vez en el Reino Unido por Jonathan Cape, un sello de Penguin Random House Children's Books,
una compañía de Penguin Random House
© de la traducción: Chema Heras, 2010
© de esta edición: Kalandraka Editora, 2016
Rúa de Pastor Díaz, n.º 1, 4.º A. 36001 Pontevedra
Tel.: 986 860 276
editora@kalandraka.com
www.kalandraka.com

Impreso en China
Primera edición: marzo, 2010
Tercera edición: octubre, 2016
ISBN: 978-84-92608-16-4
DL: SE 6021-2009